青葉木菟鳴く

あをばづく

福島美穂 歌集

鉱脈社

目次

装画・口絵　甲斐　清子
題　　簽　高妻登代美

青葉木菟鳴く

あをばづく

平成十六年以前 ―拾遺―

青葉木菟鳴く

玄関を植木の鉢が占領し出入り不便な氷点下の朝

吾が猫に「行って来るね」と言ひおきぬ見たき映画のある日曜日

女性のみ残れる職場に客の問ふ「誰も居ぬのか」「皆出てゐます」

調味料計らむとする大匙に夏の夕焼けあふれてをりぬ

朝摘みし茶を炒る釜の仕上げ時今年初めて青葉木菟（あをばづく）鳴く

平成十年七月　国富町ふれあい短歌大会　講師　篠　弘　選賞

平成十七年

ポストへ急ぐ

千草生ふる原に伸びゆく朝顔の葉はマシュマロの弾力持てり

菜畑の海原のごとき夏草は母が作るを放棄しし証

蜆蝶がバラの若葉に生みつけし小さき卵を見守りやらむ

満月の白き光の降りてゐる真夜の歩道にこほろぎの跳ぬ

宮参りすませし赤子の写真には抱く嫁の顔うつりてをらず

ひと一人通らぬ真夜に来た道を振り返りつつポストへ急ぐ

がんばる右手

手の痛み堪へて巡る厳島しやもじと饅頭だけは買はねば

左手にギプスの付きて九日目がんばる右手に接吻をする

若者の職業事情はフランスも同じとぞ見ゆ由由しき世なり

久しぶりお隣さんと顔会ひてペットを語らふ時を惜しまず

一枚の座布団に我と猫二匹我が持ち分の半分危ふし

みぞれ止みふと見やりたる北東の低きに虹見ゆ虹見るは良し

屋根瓦数へうる程かうかうと師走の満月照れど冷たし

平成十八年

なづなの花

声も知らぬ幼き姉妹の写真添へクリスマスカード海越え来たり

びっしりとなづなはびこる冬畑の中耕急ぐ陽の温き間に

真白なるなづなの花の小さきにごめんと言ひつつ畑より抜く

立春の夕げの後のデザートにりんごを割れば蜜透きとほる

空よりもなほ青き青放ちゐるコイヌノフグリのまろき花びら

菜畑に摘みし菜の花食卓に食べ放題のおひたしとなる

やっと来た春

車庫入れの一部始終を監視する猫よ上手と言っておくれな

去年の秋蝶を育てし洋パセリ春の緑をサラダに散らす

水はけの悪しき畑か馬鈴薯のいまだ芽の出ず雨がへる鳴く

舞ひ来たる桜の花びら三枚を車の窓にワイパーが掃く

靴下をはかずに今夜を過ごしゐる寒がりの吾にやつと来た春

花冷えの夜を湯船に温もりぬこちこちの骨ゆるゆるとなりて

子の義務重し

母の日に姉妹集ひし親の家一日かけて大掃除しき

母の日に弟嫁はちらしずし妹は煮しめを振る舞ひくれき

茄子五本西瓜三本植ゑながら皮算用す　あら食べきれぬ

蚊を避(よ)くる網付き帽子かぶるゆゑ草取りすすむ二年目の畑

美しき揚げ羽の幼虫見つけたり野菜の半分虫喰う畑に

老父母の夕餉の献立何にせむ子の義務重し病める体に

啄木を読めば寂しくまた茂吉読めば悲しく青春もどる

巣を取られ我が顔しきりに襲ひ来し足長ばちのやうやく去りぬ

ホームラン打ちてベースを踏む球児まはりに笑顔の大渦わきぬ

ダリヤ咲き鶯鳴く世に未練あり湿りしハートを青空に干す

秋刀魚焼く

暑き朝はぐろとんぼは塀の端にあくびのやうに羽を広ぐる

木洩れ日の落ちたる処翡翠かと見まがふほどに光る草あり

大円舞曲流るるごとし天空の丹(あか)に染まりて大虹かかる

舗道の火照りのなかの我が住居猫の寝そべるきざはし涼し

秋刀魚焼く匂ひ嗅ぎつけ野良猫の芋の葉陰に残菜待ちをり

標準の速度で回す洗濯機我が毎日もかく暮らしたし

花咲ける家には盗人入りにくしと聞けば花々求め植ゑたり

中秋の午後

公園に木隠れしつつ百舌鳴けりアカモズならむ陽のまだ暑し

一人居に笑はぬ日々の昼時をなじみのカフェで笑ひくづれぬ

木犀の香りの続く村の道車の窓を全開にせり

公園の落葉掃かれてあぢきなし中秋の午後ひとり散歩す

五十九歳の冬

ストーブも炬燵も要らぬ立冬の朝のデザート長野のりんご

コスモスの押し花つける葉書にて友は近況忙しと知らす

花終へし植木鉢に丸まりて寝る猫の顔に陽のたまりをり

ゆつたりと時をつくりて読みたきは枕草子五十九歳の冬

美なる国なかなかみえぬ国会の中継見つつ家計簿を付く

どれほどの人の見つらむ太古より月の冷たく照り輝くを

夢の原こころの原を木や花に活けて賑はふ師走の花展

この年を命とふ字に締めくくる日本の未来を繋ぐ字は何

平成十九年

春一番

沈丁花の蕾の赤の濃くなりぬ寒の日差して明るき庭に

老杉の頂までを一直線に飛びたるカラス春は見ゆるや

新春を吟ずる友の声若く頬に明るく紅差せり

雨まじり春一番の吹く庭に沈丁花の香を求めゐるわれ

スカートを春一番に捲られて慌てしことも若き日のこと

春一番やうやく止みし夕刻に沈丁花の香の玄関にあり

すみれの花

いさかひの時は必ず高齢を武器にする母かはいげのなし

どの山から旅し来たるか鶯の遅き初音は三月二十日

春彼岸無沙汰も詫びる墓参りすみれの花の咲きて待ちをり

仏壇に上げむと切りし紫蘭よりべつ甲色の小蜘蛛おりくる

満開の桜の下に佇みて仰ぐ雨雲重くなりゆく

石楠花にあなたきれいねと話しかくビーナスのゐるやうな気のして

気うつ癒えたり

戦ひをせぬ国のみの美しとやっぱり思ふ憲法記念日

吊り橋の途中で動けぬ二人組男性なればをかしくも見ゆ

ぞろぞろとすみれの鉢を毛虫這ふツマグロヒョウモンなれば殺さず

四方の山深深として若緑吊橋の上に気うつ癒えたり

二十年振りに故郷を訪ね来し友は山野を好みて歩く

植生が異なるなどと言ひながら故郷の桜をなつかしむ友

名を呼べば小走りに寄り我が前に猫とどまりて背伸ばし始む

頑張れ母よ

テーブルの脚につかまり立上がる母よ頑張れ頑張れ母よ

入院の母に付添ふ昨日より心の隅の悲しみ消えず

七夕の朝夢に見し天の川に一つ流れし星をおもへり

旅立ちの時のせまるを感じつつ赤子のごとく母のいとほし

手も足も冷たくなりて物言はぬ母の額の温もりを追ふ

慈恩院釋智光大姉と坊様に母はあの世での名をいただきぬ

若き日の母の写真に笑顔なし昔は「ピース」とふポーズなかりき

「花ことば」などと題した古ノート　ロマンチストの若き母浮かぶ

延命の治療のチューブに繋がれて何も言へずに母は逝きたり

落葉の音す

デパートに来たれど欲しき物もなく帰る足元落葉の音す

降り注ぐ光重きか庭の萩赤き花房どれも俯く

栗色の母の形見のカーディガン秋の夜寒にはおれば温し

山里の小径に入れば野路菊や美男葛に出会ふ故郷

赤や黄に染まり始めし故郷の野辺巡りゆく短歌(うた)の友らと

晩秋のひよどり囀るなぎの木を見下ろして立つ平和の塔は

若き日に君と訪ねし埴輪園今も変はらぬ森の静けさ

亡き母の知人に多く会ふ墓地は母の思ひ出語る場となる

平成二十年

きさらぎの夜

抱きやれば鼻息あらくしがみつく猫と暮して十余年過ぐ

十四人集ひて笑ふ短歌会は焼酎「川越」を詠む会となる

古里の台地を越えて来る風は千切大根の香を含みをり

しらしらと朝の気配を感じつつ寝床の中で立つる計画

きさらぎの夜の満月皓皓と照れば両手を合はせて眺む

母しのぶ願ひのつひに届きしか夢に出できて母に会へたり

春彼岸

母眠る墓地の前には梅、桜、花桃の花つぎつぎ咲けり

春彼岸桜の花を携へて墓参りせむ母待ちをらむ

還暦の同窓会に来れぬ友を思へば幼き顔浮かびくる

ブナの葉音

吹く風にブナの葉音の軽やかに古葉を散らしみどり萌えをり

ジンベエザメ初めて見たり水族館にかくも大きな生物のゐる

歩く様だうだうとして臨月の姪はしつかり母の顔せり

運動のための散歩を兼ねたらし買物途中に父骨折す

線香の煙の流れ見てをれば供へし花に黒揚羽来ぬ

腎友会

豊かなる雪融け水の梓川訪ねし証に両手漬けたり

豪雪の地に長年を生きる杉その枝振りに人の世重ぬ

日本のまんまん中と言ふ里を腎友会の仲間と旅す

朝の蟬時雨

部屋干しのズボンが風に揺れゐるを命あるがに吾が目は見たり

自転車で信号待ちの女子高生籠より取り出す汗止めスプレー

旅土産を携へ訪へば旧き友等新茶やカボチャを我にくれたり

梅雨晴の野辺のあざみに気を取られ吾が行く先の道違へたり

夕立の降りしばかりに町の宵肌寒きほどの風の吹きをり

雨恋ひて朝な夕なに仰ぐ空の雲一つだになき青の色

若き頃に恋せし人の夢見たる朝の蟬時雨あつく聞こえく

あぶら蟬もはや寿命の尽きたるをはかなき歌にわれ弔はむ

「おたべ」

飼ひ兎夜中にキイーと鳴きたるが朝はゐざりき昭和二十八年

打水をすれば向ひの家の犬怪しみて吠ゆ明日は祭りぞ

根付きたる松葉ぼたんの愛らしさ草むしる手も休みがちなり

京都へと旅せし気分デパートののれん市にて「おたべ」を買へば

かじけ猫

野良猫の子もまるまると太りたり我が猫の餌の残りを食みて

週ごとに供へる花を亡き母は楽しみゐるや今日は黄の花

デイサービスの車の行き交ひ目につきぬこのごろ父も利用しをれば

我が町の誘致企業にも押し寄せたり派遣社員をリストラする波

かじけ猫かたく目つむり陽だまりに坐るを抱けばのどを鳴らしぬ

平成二十一年

春菊の花

南西の空に残れる満月は薄氷の色今朝も冷たし

玻璃をとほる明るき光の正体は今宵の支配者氷輪の影

日輪の落としし光の化身とも思へる黄色い春菊の花

朝よりそぼ降る雨にうたれつつ白梅庭に際だちて咲く

なじめないデイサービスより帰り来て持たされし豆を父は食みをり

アネモネの小さき葉芽の早くより出で来しままに太れずにゐる

花の週末

ひと月も早き春とぞ三月の雨後の朝空清らかなるに

テレビにて報じられたる緋寒桜町役場へと確かめに行く

一週間雨の続くと予報あり買ひ置きしたる本を読まむか

スーパーに弁当あまた並びをり野は満開の花の週末

大きなる蕾はつひに薄紅の花びら広ぐ亡母の牡丹

亡き母の好みて植ゑしあやめ花庭に咲き出す紫あまた

母の日近し

新聞の折り込みチラシについ見入る母の日近し母は亡くとも

聞いたやうな名前のはずよ幼き日近所に住み居し医者の息子だ

吾が留守に筍置きし人ありて一ヶ月後に知れば歌の友

自動車で送つてあげただけなのに媼は持ち来ぬヒマワリの束

吾が脳の容量少なき証なり帽子の寸法小学生並み

透析日

透析を受ける身なれどもう少し生きられさうだ箪笥買ひ替へむ

七夕の間近になりて仰ぐ空探せど探せど天の川見えず

カアカアと烏の鳴けば「なあにー」と下校途中の少女応へる

皆既日食の日は透析日、身動きのできねば見るは叶はず無念

手術後の眼帯を取る看護師の輝きて見ゆ地デジのごとく

たけなはのお盆商戦は新聞のチラシ合戦今日も分厚し

迎へ火を焚きつつ偲ぶ母と祖母知らねど戦死の叔父も来るかも

石榴の実

元気かと便りを出せば直ぐに来る返事はうれし押し花も付き

二十年育てしつつじは切られゆく公共下水道町に通ると

「十五夜の餅搗かせて」と家家を巡る子等なく月照り渡る

陽だまりを求め始めし野良猫はブロック塀に指定席得つ

絵手紙の材にと請ひて石榴の実持ち帰る人幾たりもあり

秋雨の音

しとど降る秋雨の音聞こえきて湯船の我は無心となりゆく

秋冷えを伴ひ雨の降り続くそろそろ猫にあんくわ与へむ

「仏壇へ」老父の言にただ一個生りたる柿は孫に渡らず

間近なる師走を前に気持ちのみ訳なく走る夢にも走る

十五年共に暮らししきじ猫と今日は永久の別れとなりぬ

平成二十二年

白梅香る

吾のみがうろうろしてゐる家なのに積もる埃が不思議でならぬ

３Ｄの映画の中より発せられし弾丸を避く「あっ」と声出し

カリウムの摂取制限受けつつも庭の八朔食べればうまし

効能の十数種類に期待して若葉の色の入浴剤溶かす

八重咲きの白梅香るこの家の主の姿見しことのなし

俯きて咲く花の理由（わけ）知りたくてクリスマスローズに聞けど無視さる

彼岸の母

しつぽりと濡るる桜の花の下燃えず終りし恋思ひをり

「葉桜」とふあだ名の教師思ひ出す良き人柄の方でありしを

すみれのみ残し引き抜く墓地の草名前を知るも知らぬもありて

咲きそろふ庭のあやめの紫を今は彼岸の母は好みき

肺がんの友を見舞へば両腕にチューブさされてＩＣＵに

鯨　幟

太平洋を見下ろす丘に鯨幟泳ぎ出したり佐土原の空

母の日もわれに母無き寂しさの三年経ぬれど癒ゆることなし

口蹄疫で牛豚の処分つづけると暗きニュースの日日流れをり

和歌の浦を紀三井寺より眺むれば万葉人になりたる心地

波の間にかそけく聞こゆる磯笛はあこや貝採る海女の吐く息

生れし星によくぞ戻りし「はやぶさ」よ地球の空に燃えて果てたり

母のメモ

じんわりと汗ばみてくる梅雨の夕洗ひ物干し部屋に読書す

星空を見むと仰げば足元のふらつき恐し七夕の真夜

七夕に思ひ出したりフォークソング昔は願ひ事多くありたり

手鏡に写して遠くの景色見る父はベッドに寝たきりのまま

暮れ残る時間を歩く公園の芝生は足に弾みを返す

片付けの折折出てくる母のメモ懐かしき筆跡　顕つ母の顔

十年振りに遠き友より電話あり十数年の介護を終へしと

病床の父

赤色の平戸大橋水色の生月大橋島島つなぐ

ハイカーであふるる綾のつり橋に渡るをためらふ少しゆれゐて

鈴虫の音は高けれど病床の父には届かじ耳遠かりて

満月の光に浮かぶ萩の花空家の実家の庭の主なり

いつか要る遺影のためと訪れぬ和服で近所の写真館を

いまだ拙し

面白く見てゐる場合でなくなりぬ先行き不安の日本の国会

疲れたる体で見上ぐる夕空に心に似たる薄き月あり

ヴ・ナロードと歌ひし詩人にあくがれて短歌を詠めどいまだ拙し

無表情に風船ゲームに加はりてただ時すごす施設の父は

牛を飼ふ農家のありて秋の田にホールクロップあまた転がる

運命をヤマトと共にする進　ここで涙が出なくちやならぬ

ヒイラギは魔除けになると伝へらるその花白しはじめて見たり

ゆずの実をたつぷり絞り酢味噌和へ香り楽しむ今日は冬至ぞ

世の中は暗きニュースの多けれど帰省の人等の笑顔も写さる

自転車で妊婦の家まで通ひたる産婆の祖母の兎の毛皮

平成二十三年

火山灰臭ふ

暖かき日射しはあれど火山灰(よな)臭ふ吾が町今日は豆撒く日なり

荒れ畑に白梅二本咲き初めて上にはよなに曇る空あり

新燃岳の全ての様が見ゆる墓地亡母は噴火を見てゐただらうか

噴石の被害三百を越ゆるとぞ小さき石の威力を知りぬ

久し振りに降りたる雨がよゝな洗ひ町の色彩戻しくれたり

西よりの風はお断り切り干しも作れぬままにまた火山灰の降る

風呂上がり寝るには早き春の宵生姜煎餅また頰張りぬ

流されし町に向かひて母を呼ぶ涙の少女吾が娘にしたし

透析に行く

鯉幟、すずめら、道の花々に励まされ吾は透析に行く

スーパーのトイレットペーパー消えかかる大震災の余波がここにも

家族なきわれは自然を友として現世を生きむ短歌詠みつつ

六十三歳

玄関を黄に彩れる木香薔薇にまつりくわの花負けじとて咲く

縫ひ包みにモモと名をつけ抱くわが六十三歳の胸の温もる

ただひとり五月の満月を眺めをり思ふことなき心の軽さ

猫の餌を紙の皿ごとくはへゆく鴉にわれの知恵追ひつけず

娘等の訪ね来たるか女傘三本立てり雨の母の日

平成二十三年七月　国富町ふれあい短歌大会　講師　高野公彦 選賞

お一人様

東北の犠牲者を弔ひ撞くといふ大梵鐘を南大門に聞く

大きさは世界一とふ梵鐘の音やさしかり南大門に

予約せし旅にてあれば出発す雨は土砂降り気もすすまねど

梅雨の夜の玻璃に張り付く守宮の子足のか細き指可愛らし

降り続く雨に紫陽花濃くなれど陽の輝きもそろそろ恋し

お一人様が今日は六人打ち揃ひアイススケートショーを見に行く

母偲ぶ花

亡き母の育てし牡丹二株のばつさり切らる思ひ出も切らる

萩を切り桔梗を切り牡丹切り母の思ひを知らざる弟

母偲ぶ花の数数なくなりてただ耐へませう仏壇の前に

今夜から秋

金銀の紙灯籠をかぶりたる女千人夢のごと踊る

狭き道に上がり灯籠と擦れ違ふ山鹿の旅の終りの時刻

顔を洗ふ水の冷たき葉月尽桜の葉にも黄のまじり来ぬ

ひさかたの空の青さに「はやぶさ」を思ひ起こせり映画も観たし

小窓より入り来る風がひんやりと背中に当たる今夜から秋

腕を組み小さき足を蹴り出して奴を踊る園児ら真面目

高原の牛

ケータイのサービスうれし独り居の吾の誕生日にメッセージ来ぬ

大きなるボンベを積みて出てゆきぬ夜のドライブインのトラック

山の端が闇に溶けむとする頃を高原の牛まだ草を食む

可愛くて可愛くてたまらぬ猫の仔のちよつこり正座で吾を見る顔

平成二十四年

大寒波

三日かけ作りし御節の重箱を仏壇に上げほつと息つく

久し振りの雨に潤ふ空気吸ふ伸びはじめたる草のごとくに

この霧にのまれてゆけば無の世界あると思ひぬあまりの濃さに

電線に山鳩一羽北を向き節分の朝を鳴くに会ひたり

野良猫の親子気になる大寒波紙皿二枚に餌を盛りおきぬ

この歳で恋だ愛だも無いけれどドラマを見ては溜息をつく

ブリ大根

忘れたる呪文を思ひ出せぬまま手の湿疹に軟膏を塗る

金粉入りの酒で煮上げたブリ大根器に盛れば光る箇所あり

文旦とレモンの苗木を買ひ求め土竜ゐるらしき荒れ畑に植う

仏壇に供へるのみのおはぎなり作るは面倒スーパーに買ふ

この町に住む

自治会の総会終りて帰る道仰げば星座が吾が足を止む

大空にかなしきまでに輝けるマイナス四等星の金星

ランドセル背負ひて来たる女童にかける言葉をあわてて捜す

西の端の峰の名さへも知らぬまま六十四年をこの町に住む

メーデーのニュース少なし此の頃は働く者に厳しさ増して

現し世に母おはさねば母の日のカーネーションの赤の寂しさ

山野辺の緑に浸り耳澄ますつばめうぐひすカラスが鳴きて

濃緑の谷

いただきし豌豆を甘く甘く煮るかつては母が常に植ゑしもの

山形の紅玉色のサクランボ食めば心が若返りする

「馬ヶ背」とふ柱状節理を訪ねたり今夜は地図に印を付けむ

代かきの田に餌を探す白鷺のか細き足は泥塗れなり

デイゴ咲く一つ葉道路のドライブは老いの心も浮き浮きさせる

短冊に願ひ事書かむと思へども何も浮かばず老いしか吾も

吾が裡に輝く虹の掛かりたる思ひなきまま今日の虹見る

梅雨明けの「照葉(てるは)吊り橋」訪ぬればサシバ舞ふ見ゆ濃緑の谷

「方言で歌詠んでん」と書いた人宮崎弁がわかるぢやろかい

法師蟬鳴く

虫の音の聞こえてくれば血圧を計る不安の和らぎてくる

白ピンク紫と咲くさるすべりの花揺するごと法師蟬鳴く

法師蟬のしきりに鳴ける日の中を薄物まとひ歩きてみたし

杯を傾けて飲む二口の薬が酒であればいいのに

サブちゃんが吾が町に来て歌ひたり人口越ゆるファンを集めて

山の色の錦に光る映像を見れば湧き立つ吾が旅心

シンプルライフ

禁断の実を食むごとき心地して朱き柿食む初物の柿

高齢者人口の一人に加はりぬ六十五歳になりし今朝四時

一日に物一つづつ捨てゆかむシンプルライフ取り戻すべく

吾がために届きし御歳暮自らが贈り主なり中身も知りて

一日に一枠だけの窓掃除一人で出来さう年末までに

平成二十五年

新しき手帳

しみじみとながめては食みまたながむりんごの芯に溜りし蜜を

君よなぜ夢に顕る満面の笑みは何なの気になるぢやない

新しき手帳はライトブルーにて清しき年の始まりにけり

新しき手帳に記す一月の短歌の会と女子会の日を

大きくて真つ赤な玉の首飾り中村メイコだから似合ふの

野火焼きの草の燃え殻数多舞ふ立春近き陽と遊ぶがに

花びらも散らねば美実の成らざりと思へば散るもやむなしか梅

桜餅

咲き初めの桜の頃の桜餅あるかなきかの紅色を食ぶ

青木の実の房のいくつかつきたるを飾る玄関華やぎて来ぬ

春駒とふ菓子の由来を聞きたれば黙つてほほ笑み食ぶるがよろしと

お城より見下ろす町の春景色桜の色に染まりてござる

満開の桜に鵯二羽寄りて動くそのたび花びらの舞ふ

父母の遺品

少しだけ父と意思が通じたりその分だけの安堵を感ず

柘榴にも額紫陽花にも花のつき主なき庭に夏の近づく

病室の窓辺の床にアリ三匹死にゆく者と生きむとするものと

父の死のショックこれほど強いとは思はず短歌が詠めなくなりぬ

母は「智光」父は「浄念」法名で呼ばむか二人仏となりて

父母の遺品片付けむとて妹と二人の作業遅遅と進まず

一つづつ思ひ出語り片付くる父母の遺品の多きことかは

日本に生れて六十五年生く富士のお山に一度も登らず

御仏の下女となりたし現世にほとほと愛想もこそも尽きたり

きらきらと湯呑に光る金粉の入りたる昆布茶の贅を飲み干す

祭りの夕べ

たをやかに古代蓮咲く夏の陽を和らげるごと吾もなごみぬ

獅子舞の歯の音高し子供等の叫び声する祭りの夕べ

鳴く虫の小さき庭にも訪れぬ月の光の凜と照る夜

父母の写真を居間の棚に置くせめて写真の顔に会はむと

半月の朧に照らす公園に仔猫は虫をひたすらに追ふ

ことわりもなく膝に乗る猫の子の熱き体温著く伝はる

寒蟬の声

十五夜の花を墓にも供へたり亡父母二人で月眺むらむ

食欲の大いに増して胃の中にあれもこれもと我ら女子会

寒蟬の声遠くより聞こえ来て神無月の夜さびさびと更く

発見すカバンは持たず今時の学生は背にリュック負ひたり

川淀むところのありて白鷺の一群動かず水と同化す

県産の冷凍野菜をスーパーに見つけし喜び友に語りぬ

師走に入りぬ

他人(ひと)の手も借りて植ゑたる鉢花に今日はやうやく蕾を見たり

銀杏の樹の裸になりて電球を数多まとへる師走に入りぬ

みぞれ降る寒さに吾と猫二匹ひと日をエアコンの室に籠りぬ

氷雨降る道路の脇に狂ひ咲くつつじの花の紫二輪

亥の刻の立待月の冴え渡り雲さへ寄せぬ力を感ず

亡き父の戦友からの便りあり遺影の前に置けば寂しも

平成二十六年

臘梅の花

はて何をするつもりだか忘れたり居間に戻りてただ立ち尽くす

臘梅の花の黄色の透き通り陽に輝けり春の子ならむ

羽衣もかく輝くかとぞ思はるる大寒の陽に透ける臘梅

三十五年使ひ続ける料理本基本は独習本に頼りて

ちびりちびり毎日飲めばボトル二本空けてしまへり生れて初めて

弥生の満月

さあさあとやさしき雨の音のしてもくかうばらは膨らむを急く

春一番吹きたることも記入して今日の家計簿つけ終りたり

暖かき今宵は暫し外に出て弥生の満月眺めてゐたし

公園のまぶしき陽射しに桜花白さを増して霞むがごとし

鳥の羽数多散らばる芝の上に戦ひ一つありたるを想ふ

「ヒカルー」と呼びたくなりぬ吾が腕に甘えし猫は急に逝きたり

並びたる月と火星を眺めつつ帰らぬ猫を二度三度呼ぶ

蝶鮫の幟

鯉のぼり鯨のぼりに蝶鮫の幟加はる宮崎の空

メーデーに口ずさみをり「がんばらう」覚えてゐたり若き日の歌

カーネーションの色とりどりを用意して墓に来たりぬ母の日参りに

久々にステーキ食ぶれば何となく力湧ききて家事の捗る

ふはふはと紙飛行機のごと降りぬ白鷺一羽小さき川に

そおつとよそおつと

そおつとよそおつと植ゑるの行きつけのカフェで教はるオクラ栽培

杉菜、茅、吾が畑荒らす草どもに力及ばず農機持たねば

「喰女（くいめ）」とふ映画のあれば宣伝用チラシをじつと老婆が見をり

八十を過ぎたる歌友皆使ふ電子辞書われも購入したり

六百年の樹齢重ぬる大藤に会ひに来たりぬ六十六歳のわれ

あとがき

四十歳代半ばから短歌を始め、コスモス短歌会宮崎支部で勉強しています。
このたび、平成十七年から平成二十六年までの十年間の作品を歌集にまとめました。
編集・校正等は、コスモス宮崎支部の荒巻和雄氏にお世話になりました。篤くお礼申しあげます。
歌集名『青葉木菟鳴く』は、

朝摘みし茶を炒る釜の仕上げ時今年初めて青葉木菟鳴く

から、採りました。

毎年、初夏の十日余り家族総出でお茶を摘み、炒って仕上げていました。午前中に摘んだ茶葉を炒り上げるころにはすっかり日も暮れ、青葉木菟が鳴き始めていました。父や母には大変きつい仕事だったと思います。今では、家族みんなの大切な思い出となった作業でした。

表紙・カバーの絵は、学生時代の友人で画家の甲斐清子氏（東京在住）に、「りんご」を描いていただきました。

題簽は、隣人の髙妻登代美氏にお願いしました。お二人とも快くお引き受け下さり、素敵な絵と書が私の歌集を飾ってくれたことに感謝しています。

これからも、コスモス短歌会や国富町短歌会のみなさまと一緒に勉強していくつもりです。先生方、短歌会の皆様よろしくお願いいします。

平成二十七年二月

福島　美穂

歌集　青葉木菟（あをばづく）鳴く

二〇一五年二月二十三日　初版印刷
二〇一五年三月十三日　初版発行

著者　福島美穂 ©
〒八八〇－一二〇一
宮崎県東諸県郡国富町大字本庄四九八七－一
電話　〇九八五－七五－八三五三

発行者　川口敦己

発行所　鉱脈社
〒八八〇－八五五一
宮崎県宮崎市田代町二六三番地
電話　〇九八五－二五－一七五八

印刷　有限会社　鉱脈社
製本　日宝綜合製本株式会社